CLÉMENTINE

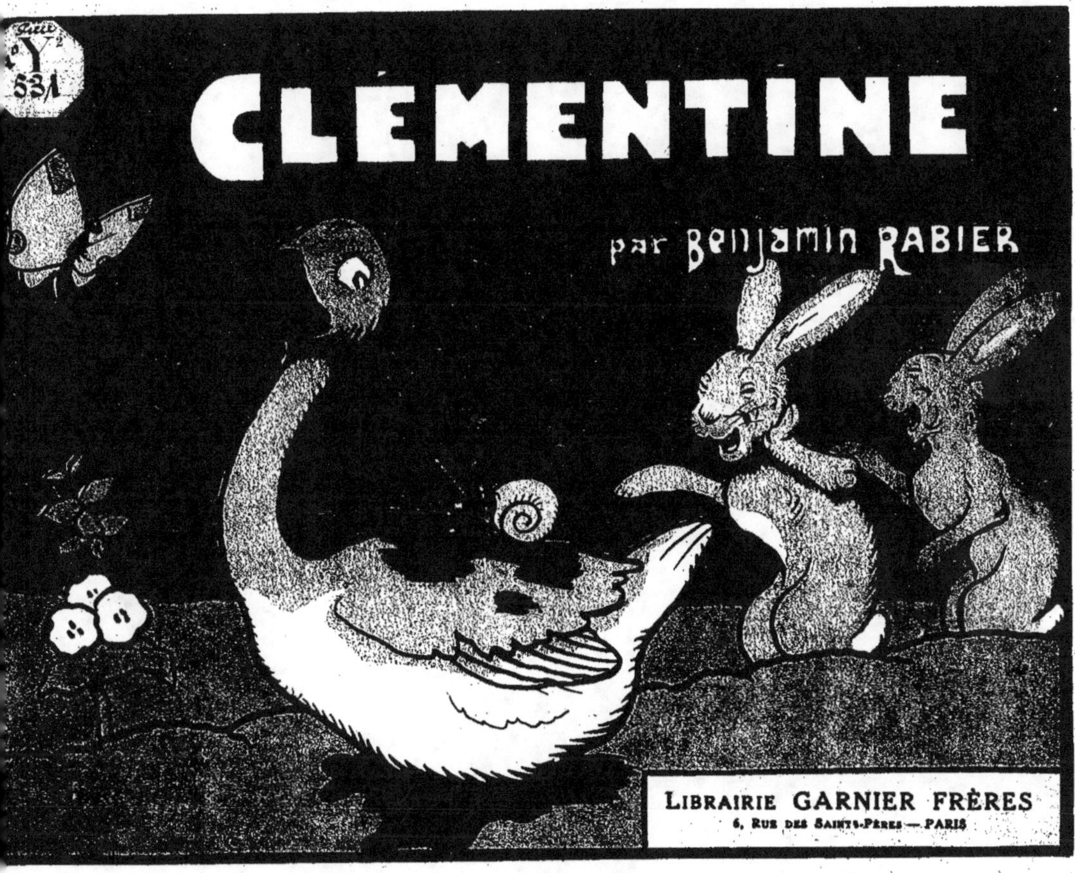

par Benjamin RABIER

Librairie GARNIER FRÈRES
6, Rue des Saints-Pères — PARIS

Clémentine, l'oie de la ferme des Moulins, est connue dans tout le Nivernais.

Demandez plutôt au chien de berger, pensif à l'ombre d'une haie, au chat errant dans quelque gouttière, ou bien au lapin qui broute le serpolet d'une garenne.

— Connaissez-vous Clémentine?

— Si je connais Clémentine! vous répondra l'interpellé... je vous crois que je la connais... tout le monde sait qui est Clémentine, l'oie de la ferme des Moulins. Tous apprécien sa bonté, son adresse et son intelligence.

Que d'histoires, que d'anecdotes on raconte à l'honneur de la brave oie!! Un jour, elle rencontra sur le chemin, un pauvre petit chien perdu, sale, crotté, mourant de soif et de faim. Elle le recueillit aussitôt et résolut de le sortir d'ennui, en lui trouvant une situation.

Tout d'abord elle le prit par l'oreille et lui fit comprendre qu'un bon bain était nécessaire. Elle le trempa dans la rivière; puis elle le plaça dans un endroit bien ensoleillé de la prairie, afin de le bien sécher.

En attendant que son protégé fut sec, Clémentine courut à la ferme et elle en rapporta une brosse.

La brosse servit à faire la toilette du chien perdu ! à lui lisser les poils.

Clémentine eut alors l'idée de le baptiser Alfred.

Quand elle l'eut fait bien propre, l'oie, en guise de collier, attacha au cou d'Alfred une petite faveur ; puis elle lui dit : « Viens ! »

— Où veux-tu me conduire, bonne Clémentine ?

— Tu le sauras bientôt.

— Prends ce chemin qui conduit au château et marche devant moi : ne t'inquiètes pas, je te suis !

Alfred, tout léger, tout guilleret, tout sautillant prit le chemin qu'on lui indiquait et, suivi de sa protectrice, il s'achemina vers le château qui était bien à trois kilomètres de là.

Quand ils furent arrivés à destination, ils s'approchèrent de la grille, et Clémentine tira la sonnette, tandis qu'Alfred s'asseyait sur son train de derrière en attendant les événements.

Alors, sans différer, Clémentine, prit congé d'Alfred en lui disant « bonne chance, petit ! » Et elle partit.

Avec regrets, Alfred regarda s'éloigner Clémentine. Soudain des pas se firent entendre ; mademoiselle Suzanne, la fille des châtelains, qui se trouvait dans la cour du château venait de répondre au coup de sonnette.

En apercevant Alfred elle poussa un cri de surprise.

— Oh ! le petit mignon, comme il est joli ! comme il est propre et bien peigné ! je l'adopte tout de suite !

Alfred devint l'enfant chéri des châtelains. Le favori de Clémentine était casé, il avait trouvé une situation. Aussi quand il passe avec sa maîtresse dans sa confortable torpédo, si, de loin, il aperçoit Clémentine, jamais il ne manque de lui adresser un petit jappement d'amitié et de reconnaissance.

Gros émoi dans le pays; un loup échappé de la montagne vient tous les soirs rôder dans les environs et prélever une dîme sur le troupeau. Deux ou trois fois par semaine un agneau est enlevé par le féroce animal.

Une brebis, qui avait vu disparaître ainsi son agnelet, confia sa douleur à Clémentine : ce ne fut pas en vain.

Le soir même, on vit l'oie de la ferme des Moulins s'emparer d'une fourche et prendre son vol. Où allait-elle ?

Clémentine dirigea son vol vers un bois de châtaigniers, situé au flanc de la montagne ; et elle disparut dans la haute futaie.

L'oie savait que ce bois était fréquenté par le loup. Aussi le vit-elle bientôt sortir d'un fourré où il était allé dévorer un renard.

L'animal féroce, se pourléchant les babines, vint s'accroupir au pied d'un sapin pour s'y reposer et faire sa digestion.
Clémentine se percha sur cet arbre. De son observatoire elle avait le loup à vingt-cinq mètres au-dessous d'elle.
Elle se pencha alors en avant, maintenant la fourche dans son bec : longtemps elle visa le but ; et, quand elle
fut sûre de l'atteindre, elle lâcha l'instrument meurtrier. L'oie avait bien visé : la fourche, entraînée par son poids,
vint terminer sa course vertigineuse en plantant dans les pattes du loup deux de ses dents acérées : la bête féroce était clouée sur place.

Deux heures après, fixée au sol, elle était rencontrée par des chasseurs; ils la mirent à mort. Ainsi finit le loup, terreur et fléau de la vallée.

Clémentine s'en retournait au village, lorsqu'elle aperçut un pauvre petit lapin de garenne que poursuivait

un gros chien de chasse. Celui-ci prenait de l'avance. Bientôt il allait atteindre sa proie! L'oie se plaça sur le chemin du petit lapin, bondit sur lui au moment où il passait à sa portée. Elle lui prit une oreille dans son formidable bec.

— Méchante bête, dit le lapin, ce n'est pas bien de te rendre complice de ce maudit chien; de t'allier avec lui contre un animal aussi faible que moi.

De son côté, le chien criait; « tiens bon; l'oie, j'arrive. »

Mais l'oie qui tenait bon n'attendit pas le chien; elle ouvrit ses ailes et enleva son fardeau sous l'œil ahuri du chasseur.

mais enfin cela vaut encore mieux que de succomber sous
les crocs d'un chien, ou que de finir dàns la casserole
d'un chasseur !»

Clémentine reconduisit le lapin jusqu'à sa famille.
Maman lapin, qui croyait son fils perdu, le couvrit de
baisers ; tandis que dans un coin, le papa versait des
larmes de joie.

« Merci, bonne Clémentine, dirent
les parents ; nous te serons toujours
reconnaissants de ce que tu as fait pour
notre enfant. »

Quand Clémentine se fut éloignée, la maman du petit lapin adressa à son fils de justes reproches. « Tu vois où t'ont conduit ton imprudence et ta désobéissance?

« Nous t'avions pourtant bien recommandé de ne pas t'éloigner à plus de trente pas du terrier. Sans Clémentine, nous te perdions à jamais. »

A peine l'oie avait-elle quitté la famille « lapin » qu'elle aperçut un petit poulet poursuivi par une belette.

« Encore! se dit-elle... Je vais donc passer ma vie à sauver les bêtes poursuivies par leurs ennemis. »

Heureusement pour ce poulet que la rivière n'est pas loin! « Grimpe sur mon dos, poulet, et ne crains rien. »

Le poulet s'installa sur le dos de Clémentine; et celle-ci se précipita dans la rivière et battit l'eau de toute l'activité de ses pattes.

La belette resta sur le bord, pestant contre Clémentine qui se mêlait de ce qui ne la regardait pas.

Arrivé à bon port, le poulet remercia Clémentine et réintégra le poulailler.

Tandis que ces menus incidents se passaient au fond de la vallée, un événement beaucoup plus important venait de se produire aux confins du village.

Là, s'était installée la ménagerie Boticelli. Le dompteur qui dirigeait cet établissement présentait aux yeux ébaubis des populations un lion merveilleux, formidable spécimen de l'Atlas, qu'il avait baptisé Brutus.

Un soir, Brutus, mal nourri et mal traité, brisa la porte de sa cage et s'enfuit dans la campagne en poussant des rugissements qui ressemblaient au grondement du tonnerre.

Tous fuyaient devant le monstre en liberté, bêtes et gens...

Un petit chien fuyant devant lui, gagna sa niche où il s'engouffra. A sa suite, le lion voulut y entrer ; mais seule sa tête passa Il n'en fallait pas plus ; et cela suffisait pour l'animal féroce : en deux bouchées, le chien, le collier et la litière, tout y passa.

Sur ces entrefaites, Clémentine arriva et assista à la misérable fin du petit chien de garde.

Elle ne vit rien du drame ; car tout se passait dans la coulisse, en l'occurrence l'intérieur de la niche..

On ne percevait que quelques exclamations brèves poussées par les auteurs du drame qui s'y jouait.

— Ah ! dit l'oie... si je ne mets pas un terme à l'escapade de Brutus, que va-t-il se passer ? Tout le pays va disparaître dans les flancs de ce féroce animal. Vite il faut aviser... J'ai déjà une idée...

Tandis que Clémentine se dirigeait vers la ferme des Moulins Brutus dégageait sa tête de la niche, et mis en appétit par cette sorte d'apéritif, il songeait à compléter son repas par un plat de résistance.

Il se trouva tout à coup en présence de la chèvre Aglaé.

— « Voilà... parfait... dit le lion: me voilà servi. A nous deux Aglaé.»

Mais la chèvre n'avait aucun goût pour être servie en hachis au roi des animaux. Elle songea à se défendre vaillamment... désespérément,

Brutus s'avança sur Aglaé, ouvrant toute grande sa gueule, La chèvre fonça sur le lion, corne en avant. Le choc fut terrible,...

Les cornes disparurent dans la gueule du monstre l'animal qu'elles avaient transpercées.

Le lion se trouva ainsi nanti de deux défenses kilos, était accrochée.

Jamais lion ne se trouva dans une position aussi faisait arrachait à Brutus des cris de douleur.

pour reparaître sur les babines de

auxquelles une chèvre pesant trente

pénible: le moindre mouvement qu'il

Finalement, après de longs efforts, il rendit la liberté à Aglaé, et se tint les babines en hurlant lamentablement.

Aglaé fila à toutes pattes vers des lieux plus cléments, laissant sur le pré son ennemi, honteux et mortifié, comme un pêcheur qu'un poisson aurait pris !

Revenons à Clémentine, qui, pendant tout ce temps, n'était pas restée inactive, loin de là !...

L'oie était entrée dans la chambre de la fermière, et avait pris dans son bec le tuyau d'un énorme vaporisateur à eau de Cologne.

Clémentine arriva sur les lieux, témoin des déprédations de Brutus ; et elle aperçut bientôt le terrible animal, les joues transpercées par les cornes d'Aglaé. Il songeait à faire payer cher à d'autres victimes sa déconvenue.

L'oie aperçut, émergeant de terre, un tronc d'arbre d'une cinquantaine de

centimètres. Elle plaça, dessus, son vaporisateur, en ayant soin de tourner la poire en caoutchouc du côté du lion.

Ensuite, elle se dissimula derrière un talus et attendit.

Le lion arriva et s'arrêta devant l'instrument.

— « Qu'est-ce que c'est que ça ?... Qu'est-ce que c'est que cet instrument ?.., Je n'en ai jamais vu de semblable chez M. Boticelli... Est-ce que par hasard, cela se mangerait ? Je vais bien voir... »

Là-dessus, il engloutit dans sa grande gueule la poire en caoutchouc qui, naturellement, s'aplatit contre son palais et fit fonctionner le vaporisateur.

Un jet d'eau de Cologne inonda violemment les yeux de Brutus qui lâcha l'instrument en poussant des cris de rage... Le liquide, pesant soixante degrés, brûlait terriblement les yeux de l'animal féroce et lui arrachait des hurlements de douleur.

Le lion, en geignant, se roula sur la poussière
du chemin...

M. Boticelli, qui avait été avisé entre temps de l'escapade de son pensionnaire, arriva sur les lieux où, vaincu par Clémentine, le roi des animaux avait connu la détresse.

Le dompteur le recueillit et le conduisit par l'oreille jusqu'à sa cage, que d'habiles ouvriers avaient remise en état.

Depuis ce jour, Clémentine est reconnue par tous comme la Providence de la contrée, et tenue pour un symbole de bonté, un fétiche de bonheur...

Elle est assurée de finir ses jours entourée de la considération, de la vénération et de la reconnaissance de tous les habitants de la vallée.

Paris. — Imp. PAUL DUPONT (Cl.). — 77.5.28